编辑委员会

顾　　问：张立文
委　　员：（按姓氏笔画排列）
　　　　　王心竹　方国根　罗安宪　林美茂　段海宝
　　　　　黄　锋　彭永捷　滕小丽
主　　编：罗安宪

出版策划：方国根
编辑主持：方国根　段海宝
责任编辑：夏　青
封面设计：石笑梦
版式设计：顾杰珍

 中华传统经典诵读文本

「中华传统经典诵读等级考试」指定用书

唐代文选

罗安宪 主编

人民出版社

前 言

　　传统，是从历史上流传下来的、在历史上产生过重要影响、现今仍然存在并发生影响的文化信念、文化观念、心理态度及行为方式。经典是经过长期历史选择，而对本民族的文化传统产生重大影响，并最大限度地承载着本民族传统的文化典籍。经典之"经"有经久、恒常、根本的含义；经典之"典"有典章、典范、典雅的含义。传统经典既是在历史上长期流传、经久不衰的经典，又是承载、亘续传统的经典，是最有代表性、最为完美、最为精粹的经典。传统的直接载体是经典，经典保存了最优秀的中华传统文化。弘扬中华传统文化，最为简捷的途径是熟读经典。

　　中华文化源远流长，博大精深，中华民族在漫长的发展历程中，创造了无数璀璨的文化经典。经典之为经典，不是因为它是历史上产生的、是在历史上发生重要影响的文化典籍，而是因为它在历史的长河中一直持续发生影响，是因为它持续不断地影响着历史的发展，是因为它持续不断地塑造着民族精神，是因为它才是民族灵魂中永不磨灭的因子，是因为它才是传统得以传承最为重要的载体。

我们提倡诵读经典。诵读经典，是要大声地"读"，而不是无声地"看"。古人强调读书，不是看书。在读书过程中，眼睛、嘴巴、耳朵、心灵，全部投入其中，是全身心地投入，是与古代先贤精神上的沟通与交流。在读书中，与经典为伴，与圣贤为伴，仔细体会字里行间的深刻意涵。读经典不是简单地读一遍、两遍，而是要反复地读、大声地读。诵读经典，不仅可以增长智慧，开拓视野，还可以涵养气质，陶冶情操。特别是在身体与思想的养成阶段，通过诵读经典、熟悉经典，对于人格的养成，具有重要的、无可限量的意义。

为推动中华传统经典诵读活动的进一步发展，由中国人民大学孔子研究院发起，在全球范围内开展"中华传统经典诵读活动"。为配合此项活动，我们编选了"中华传统经典诵读文本"。

"中华传统经典诵读文本"，共13册，分别是：《周易》、《论语》、《老子》、《大学　中庸》、《孟子选》、《庄子选》、《春秋左传选》、《诗经选》、《汉代文选》、《唐代文选》、《宋代文选》、《唐诗选》、《宋词选》。所选文本为中国传统经典中最为重要、最有影响、最为优美的篇章。

文本的主要功能是诵读，故对文字不作解释，只对生僻字和易混字作注音。

罗 安 宪

2023 年 3 月

目录

一	前言
一	谏太宗十思疏 魏征
四	滕王阁序 王勃
一〇	阿房宫赋 杜牧
一四	原道 韩愈
二四	原性 韩愈
二八	原毁 韩愈
三三	师说 韩愈
三七	进学解 韩愈
四三	送孟东野序 韩愈
四八	送李愿归盘谷序 韩愈
五二	送杨少尹序 韩愈
五五	送石处士序 韩愈

五九	祭十二郎文　韩愈
六六	驳复仇议　柳宗元
七一	箕子碑　柳宗元
七四	捕蛇者说　柳宗元
七八	种树郭橐驼传　柳宗元
八二	梓人传　柳宗元
八九	永州韦使君新堂记　柳宗元
九二	钴鉧潭西小丘记　柳宗元
九五	小石潭记　柳宗元
九七	小石城山记　柳宗元

谏太宗十思疏

◎魏征

臣闻求木之长（zhǎng）者，必固其根本；欲流之远者，必浚（jùn）其泉源；思国之安者，必积其德义。源不深而望流之远，根不固而求木之长，德不厚而思国之治，臣虽下愚，知其不可，而况于明哲乎！人君当神器之重，居域中之大，将崇极天之峻，永保无疆之休。不念居安思危，戒奢以俭，德不处其厚，情不胜其欲，斯亦伐根以求木茂，塞（sè）源而欲流长（cháng）也。

凡百元首，承天景命，莫不殷忧而道著，有善始者实繁，能克终者盖寡。

岂取之易而守之难乎？昔取之而有余，今守之而不足，何也？夫在殷忧，必竭诚以待下；既得志，则纵情以傲物。竭诚则胡越为一体，傲物则骨肉为行路。虽董之以严刑，振之以威怒，终苟免而不怀仁，貌恭而不心服。怨不在大，可畏惟人；载舟覆舟，所宜深慎；奔车朽索，其可忽乎！

君人者，诚能见可欲，则思知足以自戒，将有作，则思知止以安人，念高危，则思谦冲而自牧，惧满溢，则思江海下百川，乐盘游，则思三驱以为度，忧懈怠，则思慎始而敬终，虑壅（yōng）蔽则思虚心以纳下，想谗邪则思正身以黜（chù）恶，恩所加，则思无因喜以谬（miù）赏，罚所及则思无以怒而滥刑。总此十思，宏兹九德，简能而任之，择善而从之，则智者尽其谋，勇者竭其力，仁者播其惠，信者效其忠。文武争弛，在君无事，可以尽豫游之乐，可以养松、乔之寿，鸣琴垂拱，不言而化。何必劳神苦思，代下司职，役聪明之耳目，亏无为之大道哉！

滕王阁序 ◎王勃

豫章故郡,洪都新府。星分翼轸(zhěn),地接衡庐。襟(jīn)三江而带五湖,控蛮荆而引瓯(ōu)越。物华天宝,龙光射牛斗(dǒu)之墟;人杰地灵,徐孺下陈蕃之榻。雄州雾列,俊采星驰。台隍(huáng)枕夷夏之交,宾主尽东南之美。都督阎公之雅望,棨(qǐ)戟(jǐ)遥临;宇文新州之懿(yì)范,襜(chān)帷暂驻。十旬休假,胜友如云;千里逢迎,高朋满座。腾蛟起凤,孟学士之词宗;紫电清霜,王将军之武库。家君作宰,路出名区；童子何知，躬逢胜饯（jiàn）。

时维九月，序属三秋。潦（lǎo）水尽而寒潭清，烟光凝而暮山紫。俨（yǎn）骖（cān）䭗（fēi）于上路，访风景于崇阿（ē）；临帝子之长洲，得天人之旧馆。层峦（luán）耸翠，上出重霄；飞阁流丹，下临无地。鹤汀（tīng）凫（fú）渚（zhǔ），穷岛屿之萦回；桂殿兰宫，即冈峦之体势。

披绣闼（tà），俯雕甍（méng），山原旷其盈视，川泽盱（yū）其骇瞩（zhǔ）。闾（lǘ）阎扑地，钟鸣鼎食之家；舸（gě）舰迷津，青雀黄龙之舳（zhú）。云销雨霁（jì），彩彻区明。落霞与孤鹜（wù）齐飞，秋水共长天一色。渔舟唱晚，响穷彭蠡（lǐ）之滨；雁阵惊寒，声断衡阳之浦（pǔ）。

遥襟甫畅，逸兴遄（chuán）飞。爽籁发而清风生，纤（xiān）歌凝而白云遏（è）。睢（suī）园绿竹，气凌彭泽之樽；邺（yè）水朱华，光照临川之笔。四美具，二难并。穷睇（dì）眄（miǎn）于中天，极娱游于暇日。天高地迥（jiǒng），觉宇宙之无穷；兴尽悲来，识盈虚之有数。望长安于日下，目吴会(kuài)于云间。地势极而南溟深，天柱高而北辰远。关山难越，谁悲失路之人？萍水相逢，尽是他乡之客。怀帝阍(hūn)而不见，奉宣室以何年？

嗟乎！时运不齐(jì)，命途多舛(chuǎn)。冯唐易老，李广难封。屈贾谊于长沙，非无圣主；窜梁鸿于海曲，岂乏明时？所赖君子见机，达人知命。老当益壮，宁移白首之心？穷且益坚，不坠青云之志。酌贪泉而觉爽，处涸(hé)辙以犹欢。北海虽赊(shē)，扶摇可接；东隅（yú）已逝，桑榆非晚。孟尝高洁，空余报国之情；阮籍猖狂，岂效穷途之哭？

勃，三尺微命，一介书生。无路请缨，等终军之弱冠（guàn）；有怀投笔，慕宗悫（què）之长风。舍簪（zān）笏（hù）于百龄，奉晨昏于万里。非谢家之宝树，接孟氏之芳邻。他日趋庭，叨（tāo）陪鲤对；今兹捧袂（mèi），喜托龙门。杨意不逢，抚凌云而自惜；钟期既遇，奏流水以何惭？

呜呼！胜地不常，盛筵（yàn）

难再，兰亭已矣，梓（zǐ）泽丘墟。临别赠言，幸承恩于伟饯；登高作赋，是所望于群公。敢竭鄙怀，恭疏短引。一言均赋，四韵俱成。请洒潘江，各倾陆海云尔：

滕王高阁临江渚，佩玉鸣鸾罢歌舞。

画栋朝（zhāo）飞南浦云，朱帘暮卷西山雨。

闲云潭影日悠悠，物换星移几度秋。

阁中帝子今何在？槛（jiàn）外长江空自流。

阿房宫赋

◎杜牧

六王毕，四海一，蜀山兀，阿房出。覆压三百余里，隔离天日。骊（lí）山北构而西折，直走咸阳。二川溶溶，流入宫墙。五步一楼，十步一阁；廊腰缦（màn）回，檐（yán）牙高啄；各抱地势，钩心斗角。盘盘焉，囷囷（qūn）焉，蜂房水涡（wō），矗（chù）不知其几千万落。长桥卧波，未云何龙？复道行空，不霁（jì）何虹？高低冥（míng）迷，不知西东。歌台暖响，春光融融；舞殿冷袖，风雨凄凄。一日之内，一宫之间，而气候不齐。

妃嫔(pín)媵(yìng)嫱(qiáng)，王子皇孙，辞楼下殿，辇(niǎn)来于秦，朝(zhāo)歌夜弦(xián)，为秦宫人。明星荧荧(yíng)，开妆镜也；绿云扰扰，梳晓鬟(huán)也；渭流涨腻，弃脂水也；烟斜雾横，焚椒兰也；雷霆乍惊，宫车过也；辘辘(lù)远听，杳(yǎo)不知其所之也。一肌一容，尽态极妍(yán)，缦立远视，而望幸焉。有不得见者，三十六年。燕赵之收藏，韩魏之经营，齐楚之精英，几世几年，剽(piāo)掠其人，倚叠如山。一旦不能有，输来其间。鼎铛（chēng）玉石，金块珠砾（lì），弃掷逦（lǐ）迤（yǐ），秦人视之，亦不甚惜。

嗟乎！一人之心，千万人之心也。秦爱纷奢，人亦念其家。奈何取之尽锱（zī）铢（zhū），用之如泥沙？使负栋之柱，多于南亩之农夫；架梁之椽（chuán），多于机上之工女；钉头磷磷，多于在庾（yǔ）之粟（sù）粒；瓦缝参差（cēn cī），多于周身之帛缕；直栏横槛（jiàn），多于九土之城郭；管弦呕（ōu）哑（yā），多于市人之言语。

使天下之人，不敢言而敢怒。独夫之心，日益骄固。戍卒叫，函谷举，楚人一炬，可怜焦土！

呜呼！灭六国者，六国也，非秦乎也；族秦者，秦也，非天下也。嗟乎！使六国各爱其人，则足以拒秦；使秦复爱六国之人，则递三世，可至万世而为君，谁得而族灭也？秦人不暇自哀，而后人哀之；后人哀之而不鉴之，亦使后人而复哀后人也。

原　道　　◎韩愈

博爱之谓仁，行而宜之之谓义，由是而之焉之谓道，足乎己无待于外之谓德。仁与义为定名，道与德为虚位。故道有君子小人，而德有凶有吉。老子之小仁义，非毁之也，其见者小也。坐井而观天，曰"天小"者，非天小也。彼以煦煦（xù）为仁，孑孑（jié）为义，其小之也则宜。其所谓道，道其所道，非吾所谓道也；其所谓德，德其所德，非吾所谓德也。凡吾所谓道德云者，合仁与义言之也，天下之公言也；老子之所谓道德云者，去仁与义言之也，一人之私言也。

周道衰，孔子没（mò），火于秦。黄、老于汉，佛于晋、魏、梁、隋之间。其言道德仁义者，不入于杨，则入于墨；不入于老，则入于佛。入于彼，必出于此。入者主之，出者奴之；入者附之，出者污之。噫！后之人其欲闻仁义道德之说，孰从而听之？老者曰："孔子，吾师之弟子也。"佛者曰："孔子，吾师之弟子也。"为孔子者，习闻其说，乐其诞而自小也，亦曰"吾师亦尝师之"云尔。不惟举之于其口，而又笔之于其书。噫！后之人虽欲闻仁义道德之说，其孰从而求之？甚矣，人之好（hào）怪也！不求其端，不讯其末，惟怪之欲闻。

古之为民者四，今之为民者六；古之教者处其一，今之教者处其三。农之家一，而食粟之家六；工之家一，而用器之家六；贾（gǔ）之家一，而资焉之家六。奈之何民不穷且盗也？

古之时，人之害多矣。有圣人者立，然后教之以相生相养之道，为之君，为之师。驱其虫蛇禽兽，而处之中土。寒然后为之衣,饥然后为之食。木处而颠,土处而病也,然后为之宫室。为之工以赡(shàn)其器用,为之贾(gǔ)以通其有无,为之医药以济其夭(yāo)死,为之葬埋、祭祀以长(zhǎng)其恩爱,为之礼以次其先后,为之乐(yuè)以宣其湮(yān)郁,为之政以率其怠倦,为之刑以锄其强梗。相欺也,为之符玺(xǐ)、斗(dǒu)斛(hú)、权衡以信之;相夺也,为之城郭、甲兵以守之。害至而为之备,患生而为之防。今其言曰:"圣人不死，大盗不止；剖（pōu）斗折衡，而民不争。"呜呼！其亦不思而已矣！如古之无圣人，人之类灭久矣。何也？无羽毛鳞介以居寒热也，无爪（zhǎo）牙以争食也。

是故君者，出令者也；臣者，行君之令而致之民者也；民者，出粟米麻丝，作器皿，通货财，以事其上者也。君不出令，则失其所以为君；臣不行君之令而致之民，则失其所以为臣；民不出粟米麻丝、作器皿、通货财以事其上，则诛。今其法曰："必弃而君臣，去而父子，禁而相生相养之道。"以求其所谓清净寂灭者。呜呼！其亦幸而出于三代之后，不见黜（chù）于禹、汤、文、武、周公、孔子也；其亦不幸而不出于三代之前，不见正于禹、汤、文、武、周公、孔子也。

帝之与王，其号虽殊，其所以为圣一也。夏葛（gé）而冬裘，渴饮而饥食，其事虽殊，其所以为智一也。今其言曰："曷（hé）不为太古之无事？"是亦责冬之裘者曰："曷不为葛之之易也？"责饥之食者曰："曷不为饮之之易也?"传(zhuàn)曰:"古之欲明明德于天下者,先治其国;欲治其国者,先齐其家;欲齐其家者,先修其身;欲修其身者,先正其心;欲正其心者,先诚其意。"然则古之所谓正心而诚意者,将以有为也。今也欲治其心,而外天下国家,灭其天常,子焉而不父其父,臣焉而不君其君,民焉而不事其事。孔子之作《春秋》也,诸侯用夷礼则夷之,进于中国则中国之。经曰:"夷狄之有君,不如诸夏之亡(wú)。"《诗》曰:"戎狄是膺,荆舒是惩。"今也举夷狄之法,而加之先王之教之上，几何其不胥而为夷也？

夫所谓先王之教者，何也？博爱之谓仁，行而宜之之谓义，由是而之焉之谓道，足乎己无待于外之谓德。其文，《诗》、《书》、《易》、《春秋》；其法，礼、乐、刑、政；其民，士、农、工、贾（gǔ）；其位，君臣、父子、师友、宾主、昆弟、夫妇；其服，麻、丝；其居，宫、室；其食，粟米、果蔬、鱼肉。其为道易明，而其为教易行也。是故以之为己，则顺而祥；以之为人，则爱而公；以之为心，则和而平；以之为天下国家，无所处而不当。是故生则得其情，死则尽其常；效（郊）焉而天神假（gé），庙焉而人鬼飨（xiǎng）。曰："斯道也，何道也？"曰：斯吾所谓道也，非向所谓老与佛之道也。尧以是传之舜，舜以是传之禹，禹以是传之汤，汤以是传之文、武、周公，文、武、周公传之孔子，孔子传之孟轲；轲之死，不得其传焉。荀与扬也，择焉而不精，语焉而不详。由周公而上，上而为君，故其事行；由周公而下，下而为臣，故其说长。然则如之何而可也？曰：不塞不流，不止不行。人其人，火其书，庐其居，明先王之道以道（dǎo）之，鳏（guān）寡孤独废疾者有养也。其亦庶乎其可也！

原 性 ◎韩愈

性也者,与生俱生也;情也者,接于物而生也。性之品有三,而其所以为性者五;情之品有三,而其所以为情者七。曰何也?曰性之品有上、中、下三。上焉者,善焉而已矣;中焉者,可导而上下也;下焉者,恶焉而已矣。其所以为性者五:曰仁、曰礼、曰信、曰义、曰智。上焉者之于五也,主于一而行于四;中焉者之于五也,一不少有焉,则少反焉,其于四也混(hùn);下焉者之于五也,反于一而悖于四。性之于情视其品。情之品有上、中、下三，其所以为情者七：曰喜、曰怒、曰哀、曰惧、曰爱、曰恶、曰欲。上焉者之于七也，动而处其中；中焉者之于七也，有所甚，有所亡（wú），然而求合其中者也；下焉者之于七也，亡（wú）与甚，直情而行者也。情之于性视其品。

孟子之言性曰：人之性善；荀子之言性曰：人之性恶；扬子之言性曰：人之性善恶混。夫始善而进恶，与始恶而进善，与始也混而今也善恶，皆举其中而遗其上下者也，得其一而失其二者也。叔鱼之生也，其母视之，知其必以贿（huì）死；杨食我之生也，叔向之母闻其号（háo）也，知必灭其宗；越椒（jiāo）之生也，子文以为大戚，知若敖氏之鬼不食也。人之性果善乎？后稷（jì）之生也，其母无灾，其始匍匐也，则岐岐（qí）然、嶷嶷（nì）然；文王之在母也，母不忧，既生也，傅不勤，既学也，师不烦。人之性果恶乎？尧之朱、舜之均、文王之管蔡，习非不善也，而卒为奸；瞽（gǔ）瞍（sǒu）之舜、鲧（gǔn）之禹，习非不恶也，而卒为圣。人之性善恶果混乎?故曰:三子之言性也,举其中而遗其上下者也,得其一而失其二者也。曰:然则性之上下者,其终不可移乎?曰:上之性,就学而易明;下之性,畏威而寡罪。是故上者可教,而下者可制也。其品则孔子谓不移也。

曰:今之言性者异于此,何也?曰:今之言者,杂佛老而言也。杂佛老而言也者,奚言而不异!

原　毁　　◎韩愈

古之君子，其责己也重以周，其待人也轻以约。重以周，故不怠；轻以约，故人乐为善。

闻古之人有舜者，其为人也，仁义人也。求其所以为舜者，责于己曰："彼，人也；予，人也。彼能是，而我乃不能是！"早夜以思，去其不如舜者，就其如舜者。闻古之人有周公者，其为人也，多才与艺人也。求其所以为周公者，责于己曰："彼，人也；予，人也。彼能是，而我乃不能是！"早夜以思，去其不如周公者，就其如周公者。

舜，大圣人也，后世无及焉；周公，大圣人也，后世无及焉。是人也，乃曰："不如舜，不如周公，吾之病也。"是不亦责于身者重以周乎？其于人也，曰："彼人也，能有是，是足为良人矣；能善是，是足为艺人矣。"取其一，不责其二；即其新，不究其旧：恐恐然惟惧其人之不得为善之利。一善易修也，一艺易能也，其于人也，乃曰："能有是，是亦足矣。"曰："能善是，是亦足矣。"不亦待于人者轻以约乎？

今之君子则不然，其责人也详，其

待己也廉。详，故人难于为善；廉，故自取也少。已未有善，曰："我善是，是亦足矣。"已未有能，曰："我能是，是亦足矣。"外以欺于人，内以欺于心，未少有得而止矣，不亦待其身者已廉乎？

其于人也，曰："彼虽能是，其人不足称也；彼虽善是，其用不足称也。"举其一，不计其十；究其旧，不图其新：恐恐然惟惧其人之有闻也。是不亦责于人者已详乎？

夫是之谓不以众人待其身，而以圣

人望于人，吾未见其尊己也。

虽然，为是者，有本有原，怠与忌之谓也。怠者不能修，而忌者畏人修。吾尝试之矣，尝试语（yù）于众曰："某良士，某良士。"其应（yìng）者，必其人之与也；不然，则其所疏远不与同其利者也；不然，则其畏也。不若是，强者必怒于言，懦者必怒于色矣。又尝语（yù）于众曰："某非良士，某非良士。"其不应者，必其人之与也，不然，则其所疏远不与同其利者也，不然，则其畏也。不若是，强者必说（yuè）于言，懦者必说（yuè）于色矣。

是故事修而谤兴，德高而毁来。呜呼！士之处此世，而望名誉之光，道德之行，难已！

将有作于上者，得吾说而存之，其国家可几（jī）而理欤（yú）！

师　说　　◎韩愈

古之学者必有师。师者，所以传道、受业、解惑也。人非生而知之者，孰能无惑？惑而不从师，其为惑也，终不解矣。

生乎吾前，其闻道也，固先乎吾，吾从而师之；生乎吾后，其闻道也，亦先乎吾，吾从而师之。吾师道也，夫庸知其年之先后生于吾乎？是故无贵无贱，无长无少，道之所存，师之所存也。

嗟乎！师道之不传也久矣，欲人之无惑也难矣。古之圣人，其出人也远矣，犹且从师而问焉；今之众人，其下圣人也亦远矣，而耻学于师。是故圣益圣，愚益愚。圣人之所以为圣，愚人之所以为愚，其皆出于此乎？

爱其子，择师而教之。于其身也，则耻师焉，惑矣！彼童子之师，授之书而习其句读（dòu）者也，非吾所谓传其道、解其惑者也。句读之不知，惑之不解，或师焉，或不（fǒu）焉，小学而大遗，吾未见其明也。

巫医、乐师、百工之人，不耻相师。士大夫之族，曰师、曰弟子云者，则群聚而笑之。问之，则曰："彼与彼年相若也，道相似也。"位卑则足羞，官盛则近谀。呜呼！师道之不复可知矣。巫医、乐师、百工之人，君子不齿，今其智乃反不能及，其可怪也欤！

圣人无常师。孔子师郯（tán）子、苌（cháng）弘、师襄、老聃。郯子之徒，其贤不及孔子。孔子曰："三人行，则必有我师。"是故弟子不必不如师，师不必贤于弟子，闻道有先后，术业有专攻，如是而已。

李氏子蟠（pán），年十七，好古

文，六艺经传（zhuàn）皆通习之，不拘于时，学于余。余嘉其能行古道，作《师说》以贻（yí）之。

进 学 解 ◎韩愈

国子先生晨入太学,招诸生立馆下,诲之曰:"业精于勤,荒于嬉(xī);行成于思,毁于随。方今圣贤相逢,治具毕张。拔去凶邪,登崇畯(jùn)良。占小善者率以录,名一艺者无不庸。爬罗剔(tī)抉(jué),刮(guā)垢磨光。盖有幸而获选,孰云多而不扬?诸生业患不能精,无患有司之不明;行患不能成,无患有司之不公。"

言未既,有笑于列者曰:"先生欺余哉!弟子事先生,于兹有年矣。先生口不绝吟于六艺之文,手不停披于百家之编。纪事者必提其要，纂（zuǎn）言者必钩其玄。贪多务得，细大不捐。焚膏油以继晷（guǐ），恒兀兀以穷年。先生之业，可谓勤矣。觝（dǐ）排异端，攘（rǎng）斥佛老。补苴（jū）罅（xià）漏，张皇幽眇（miǎo）。寻坠绪之茫茫，独旁搜而远绍。障百川而东之，回狂澜于既倒。先生之于儒，可谓有劳矣。沉浸浓郁，含英咀（jǔ）华，作为文章，其书满家。上规姚姒（sì），浑浑无涯；周诰、殷《盘》，佶（jí）屈聱（áo）牙；《春秋》谨严，《左氏》浮夸；

《易》奇而法，《诗》正而葩（pā）；下逮（dài）《庄》《骚》，太史所录；子云、相如，同工异曲。先生之于文，可谓闳（hóng）其中而肆其外矣。少（shào）始知学，勇于敢为；长（zhǎng）通于方，左右具宜。先生之于为人，可谓成矣。然而公不见信于人，私不见助于友。跋（bá）前踬（zhì）后，动辄（zhé）得咎（jiù）。暂为御史，遂窜南夷。三年博士，冗（rǒng）不见治。命与仇谋，取败几时。冬暖而儿号寒，年丰而妻啼饥。头童齿豁，竟死何裨（bì）。不知虑此，而反教人为？"

先生曰："吁（xū），子来前！夫大木为㭫（máng），细木为桷（jué），欂（bó）栌（lú）、侏儒，椳（wēi）、闑（niè）、扂（diàn）、楔，各得其宜，施以成室者，匠氏之工也。玉札（zhá）、丹砂，赤箭、青芝，牛溲（sōu）、马勃，败鼓之皮，俱收并蓄，待用无遗者，医师之良也。登明选公，杂进巧拙（zhuō），纡（yū）馀（yú）为妍（yán），卓荦（luò）为杰，校（jiào）短量长，惟器是适者，宰相之方也。昔者孟轲好辩,孔道以明,辙环天下,卒老于行。荀卿守正,大论是弘,逃谗于楚,废死兰陵。是二儒者,吐辞为经,举足为法,绝类离伦,优入圣域,其遇于世何如也?今先生学虽勤而不繇(yóu)其统,言虽多而不要(yāo)其中,文虽奇而不济于用,行虽修而不显于众。犹且月费俸(fèng)钱,岁靡(mí)廪(lǐn)粟;子不知耕,妇不知织;乘马从徒,安坐而食。踵(zhǒng)常途之役役,窥陈编以盗窃。然而圣主不加诛,宰臣不见斥,兹非其幸欤？动而得谤，名亦随之。投闲置散，乃分之宜。若夫商财贿之有亡（wú），计班资之崇庳（bēi），忘己量之所称（chèn），指前人之瑕疵，是所谓诘匠氏之不以杙（yì）为楹，而訾（zǐ）医师以昌阳引年，欲进其豨（xī）苓（líng）也。"

送孟东野序　　◎韩愈

　　大凡物不得其平则鸣。草木之无声，风挠（náo）之鸣。水之无声，风荡之鸣。其跃也或激之，其趋也或梗之，其沸也或炙之。金石之无声，或击之鸣。人之于言也亦然，有不得已者而后言。其歌也有思，其哭也有怀。凡出乎口而为声者，其皆有弗平者乎！

　　乐（yuè）也者，郁于中而泄于外者也，择其善鸣者而假之鸣。金、石、丝、竹、匏（páo）、土、革、木八者，物之善鸣者也。维天之于时也亦然，择其善鸣者而假之鸣。是故以鸟鸣春，以雷鸣夏，以虫鸣秋，以风鸣冬。四时之相推夺，其必有不得其平者乎！

其于人也亦然。人声之精者为言，文辞之于言，又其精也，尤择其善鸣者而假之鸣。其在唐、虞，咎陶（gāo yáo）、禹，其善鸣者也，而假以鸣。夔（kuí）弗能以文辞鸣，又自假于《韶》以鸣。夏之时，五子以其歌鸣。伊尹鸣殷，周公鸣周。凡载（zǎi）于《诗》、《书》六艺，皆鸣之善者也。周之衰，孔子之徒鸣之，其声大而远。传曰："天将以夫子为木铎（duó）。"其弗信矣乎？其末也，庄周以其荒唐之辞鸣。楚，大国也，其亡也，以屈原鸣。臧（zāng）孙辰、孟轲、荀卿，以道鸣者也。杨朱、墨翟（dí）、管夷吾、晏婴、老聃、申不害、韩非、慎到、田骈（pián）、邹衍（yǎn）、尸佼（jiǎo）、孙武、张仪、苏秦之属，皆以其术鸣。秦之兴，李斯鸣之。汉之时，司马迁、相如、扬雄，最其善鸣者也。其下魏、晋氏，鸣者不及于古，然亦未尝绝也。就其善者，其声清以浮，其节数（shuò）以急，其辞淫以哀，其志弛以肆，其为言也，乱杂而无章。将天丑其德莫之顾邪（yé）？何为乎不鸣其善鸣者也？

唐之有天下，陈子昂、苏源明、元结、李白、杜甫、李观，皆以其所能鸣。其存而在下者，孟郊东野始以其诗鸣。其高出魏、晋，不懈而及于古，其他浸淫乎汉氏矣。从吾游者，李翱、张籍其尤也。三子者之鸣信善矣。抑不知天将和（hè）其声而使鸣国家之盛邪（yé）？抑将穷饿其身、思愁其心肠而使自鸣其不幸邪？三子者之命，则悬乎天矣。其在上也，奚以喜？其在下也，奚以悲？东野之役于江南也，有若不释然者，故吾道其于天者以解之。

送李愿归盘谷序　　◎韩愈

太行（háng）之阳有盘谷。盘谷之间，泉甘而土肥，草木丛茂，居民鲜（xiǎn）少。或曰："谓其环两山之间，故曰盘。"或曰："是谷也，宅幽而势阻，隐者之所盘旋。"友人李愿居之。

愿之言曰："人之称大丈夫者，我知之矣。利泽施于人，名声昭于时。坐于庙朝，进退百官，而佐天子出令。其在外，则树旗旄（máo），罗弓矢（shǐ），武夫前呵（hē），从者塞途，供给（jǐ）之人，各执其物，夹道而疾驰。喜有赏，怒有刑。才俊满前，道古今而誉盛德，入耳而不烦。曲眉丰颊，清声而便（pián）体，秀外而惠中，飘轻裾（jū），翳（yì）长袖，粉白黛绿者，列屋而闲居，妒宠而负恃（shì），争妍而取怜。大丈夫之遇知于天子，用力于当世者之所为也。吾非恶（wù）此而逃之，是有命焉，不可幸而致也。

穷居而野处（chǔ），升高而望远，坐茂树以终日，濯（zhuó）清泉以自洁。采于山，美可茹（rú）；钓于水，鲜可食。起居无时，惟适之安。与其有誉于前，孰若无毁于其后；与其有乐于身，孰若无忧于其心。车服不维，刀锯不加，理乱不知，黜（chù）陟（zhì）不闻。大丈夫不遇于时者之所为也，我则行之。

伺（cì）候于公卿之门，奔走于形势之途，足将进而趑趄（zī jū），口将言而嗫嚅（niè rú），处（chǔ）污秽而不羞，触刑辟（bì）而诛戮，侥幸于万一，老死而后止者，其于为人贤不肖何如也？

昌黎韩愈，闻其言而壮之，与之酒而为之歌曰："盘之中，维子之宫；盘之土，可以稼；盘之泉，可濯可沿；盘之阻，谁争子所？窈（yáo）而深，廓（kuò）其有容；缭（liáo）而曲，如往而复。嗟盘之乐兮，乐且无央；虎豹远迹兮，蛟龙遁藏；鬼神守护兮，呵（hē）禁不祥。饮且食兮寿而康，无不足兮奚所望？膏（gào）吾车兮秣（mò）吾马，从子于盘兮，终吾生以徜徉（cháng yáng）。"

送杨少尹序 ◎韩愈

昔疏广、受二子,以年老,一朝辞位而去。于是公卿设供张(gòng zhàng)、祖道都门外,车数百辆。道路观者,多叹息泣下,共言其贤。汉史既传(zhuàn)其事,而后世工画者,又图其迹,至今照人耳目,赫赫(hè)若前日事。

国子司业杨君巨源,方以能诗训后进,一旦以年满七十,亦白丞相去归其乡。世常说古今人不相及,今杨与二疏,其意岂异也?

予忝(tiǎn)在公卿后,遇病不能

出。不知杨侯去时，城门外送者几人，车几辆，马几匹，道边观者亦有叹息知其为贤与否，而太史氏又能张大其事，为传（zhuàn）继二疏踪迹否，不落莫否。见今世无工画者，而画与不画，固不论也。然吾闻杨侯之去，丞相有爱而惜之者，白以为其都（dū）少尹，不绝其禄。又为歌诗以劝之，京师之长（cháng）于诗者，亦属（zhǔ）而和（hè）之。又不知当时二疏之去，有是事否。古今人同不同，未可知也。

中世士大夫以官为家，罢则无所于

归。杨侯始冠（guàn），举于其乡，歌《鹿鸣》而来也。今之归，指其树曰："某树吾先人之所种也。某水某丘，吾童子时所钓游也。"乡人莫不加敬，诫子孙以杨侯不去其乡为法。古之所谓乡先生，没（mò）而可祭于社者，其在斯人欤？其在斯人欤？

送石处士序 ◎韩愈

河阳军节度、御史大夫乌公为节度之三月,求士于从事之贤者。有荐(jiàn)石先生者。公曰:"先生何如?"曰:"先生居嵩、邙(máng)、瀍(chán)、谷之间,冬一裘,夏一葛(gé);食,朝夕饭一盂、蔬一盘。人与之钱,则辞;请与出游,未尝以事免;劝之仕,不应;坐一室,左右图书。与之语(yù)道理,辨古今事当否,论人高下,事后当成败,若河决下流而东注,若驷马驾轻车、就熟路,而王良、造父为之先后也,若烛照数计而龟卜也。"大夫曰:"先生有以自老,无求于人,其肯为某来邪(yé)?"从事曰:"大夫文武忠孝,求士为国,不私于家。方今寇聚于恒,师环其疆,农不耕收,财粟殚(dān)亡(wú)。吾所处地,归输之涂,治法征谋,宜有所出。先生仁且勇。若以义请而强委重(zhòng)焉,其何说之辞?"于是撰(zhuàn)书词,具马币,卜日以授使者,求先生之庐而请焉。

先生不告于妻子,不谋于朋友,冠带出见客,拜受书礼于门内。宵则沐浴，戒行李，载（zài）书册，问道所由，告行于常所来往。晨则毕至张（zhàng）上东门外，酒三行（xíng），且起，有执爵而言者曰："大夫真能以义取人，先生真能以道自任，决去就。为先生别。"又酌而祝曰："凡去就出处（chǔ）何常？惟义之归。遂以为先生寿。"又酌而祝曰："使大夫恒无变其初，无务富其家而饥其师，无甘受佞人而外敬正士，无昧（mèi）于谄（chǎn）言，惟先生是听，以能有成功，保天子之宠命。"又祝曰："使先生无图利于大夫，而私便其身图。"先生起拜祝辞曰:"敢不敬早夜以求从祝规!"于是东都之人士咸知大夫与先生果能相与以有成也。遂各为歌诗六韵,遣愈为之序云。

祭十二郎文

◎韩愈

年、月、日，季父愈闻汝丧（sāng）之七日，乃能衔（xián）哀致诚，使建中远具时羞之奠，告汝十二郎之灵：

呜呼！吾少孤，及长（zhǎng），不省（xǐng）所怙（hù），惟兄嫂是依。中年，兄殁（mò）南方，吾与汝俱幼，从嫂归葬河阳。既又与汝就食江南，零丁孤苦，未尝一日相离也。吾上有三兄，皆不幸早世。承先人后者，在孙惟汝，在子惟吾。两世一身，形单影只。嫂尝抚汝指吾而言曰："韩氏两世，惟此而已！"汝时尤小，当不复记忆；吾时虽能记忆，亦未知其言之悲也。

吾年十九，始来京城。其后四年，而归视汝。又四年，吾往河阳省（xǐng）坟墓，遇汝从嫂丧（sāng）来葬。又二年，吾佐董丞相于汴州，汝来省（xǐng）吾，止一岁，请归取其孥（nú）。明年，丞相薨（hōng），吾去汴州，汝不果来。是年，吾佐戎徐州，使取汝者始行，吾又罢去，汝又不果来。吾念汝从于东，东亦客也，不可以久，图久远者，莫如西归，将成家而致汝。呜呼！孰谓汝遽（jù）去吾而殁乎！

吾与汝俱少年，以为虽暂相别，终当久相与处。故舍汝而旅食京师，以求斗斛（hú）之禄。诚知其如此，虽万乘之公相，吾不以一日辍汝而就也！

去年，孟东野往，吾书与汝曰："吾年未四十，而视茫茫，而发苍苍，而齿牙动摇。念诸父与诸兄，皆康强而早世，如吾之衰者，其能久存乎？吾不可去，汝不肯来，恐旦暮死，而汝抱无涯之戚也。"孰谓少者殁而长者存，强者夭而病者全乎！呜呼！其信然邪（yé）？其梦邪？其传之非其真邪？信也，吾兄之盛德而夭其嗣乎？汝之纯明而不克蒙其泽乎？少者强者而夭殁，长者衰者而存全乎？未可以为信也！梦也，传之非其真也，东野之书，耿兰之报，何为而在吾侧也？呜呼！其信然矣！吾兄之盛德而夭其嗣矣，汝之纯明宜业其家者，不克蒙其泽矣。所谓天者诚难测，而神者诚难明矣。所谓理者不可推，而寿者不可知矣。

虽然，吾自今年来，苍苍者或化而为白矣，动摇者或脱而落矣，毛血日益衰，志气日益微，几何不从汝而死也！

死而有知，其几何离？其无知，悲不几时，而不悲者无穷期矣。汝之子始十岁，吾之子始五岁，少而强者不可保，如此孩提者，又可冀其成立邪？呜呼哀哉！呜呼哀哉！

汝去年书云："比得软脚病，往往而剧。"吾曰："是疾也，江南之人常常有之。"未始以为忧也。呜呼！其竟以此而殒（yǔn）其生乎？抑别有疾而致斯乎？汝之书，六月十七日也；东野云，汝殁以六月二日；耿兰之报无月日。盖东野之使者，不知问家人以月日，如耿兰之报，不知当言月日。东野与吾书，乃问使者，使者妄称以应之耳。其然乎？其不然乎？

今吾使建中祭汝，吊汝之孤与汝之乳母。彼有食可守，以待终丧，则待终丧而取以来；如不能守以终丧，则遂取以来。其余奴婢（bì），并令守汝丧。吾力能改葬，终葬汝于先人之兆，然后惟其所愿。

呜呼！汝病吾不知时，汝殁吾不知日，生不能相养以共居，殁不能抚汝以尽哀，敛不凭其棺，窆（biǎn）不临其穴。吾行负神明，而使汝夭。不孝不慈，而不能得与汝相养以生，相守以死。一在天之涯，一在地之角，生而影不与吾形相依，死而魂不与吾梦相接，吾实为之，其又何尤！彼苍者天，曷（hé）其有极。

自今以往，吾其无意于人世矣！当求数顷之田于伊、颍（yǐng）之上，以待余年。教吾子与汝子，幸其成；长（zhǎng）吾女与汝女，待其嫁，如此而已。呜呼！言有穷而情不可终，汝其知也邪？其不知也邪？

呜呼哀哉！尚飨（xiǎng）！

驳复仇议

◎柳宗元

臣伏见天后时,有同州下邽(guī)人徐元庆者,父爽为县尉赵师韫(yùn)所杀,卒能手刃父仇,束身归罪。当时谏臣陈子昂建议诛之而旌其闾(lǘ),且请编之于令,永为国典。臣窃独过之。

臣闻礼之大本,以防乱也,若曰无为贼虐,凡为子者杀无赦。刑之大本,亦以防乱也。若曰无为贼虐,凡为治者杀无赦。其本则合,其用则异,旌与诛莫得而并焉。诛其可旌,兹谓滥,黩(dú)刑甚矣;旌其可诛,兹谓僭

(jiàn)，坏礼甚矣。果以是示于天下，传于后代，趋义者不知所向，违害者不知所立，以是为典可乎？

盖圣人之制，穷理以定赏罚，本情以正褒贬，统于一而已矣。向使刺谳（yàn）其诚伪，考正其曲直，原始而求其端，则刑、礼之用，判然离矣。何者？若元庆之父，不陷于公罪，师韫之诛，独以其私怨，奋其吏气，虐于非辜，州牧不知罪，刑官不知问，上下蒙冒，吁（xū）号（háo）不闻；而元庆能以戴天为大耻，枕戈为得礼，处心积虑，以冲仇人之胸，介然自克，即死无憾，是守礼而行义也。执事者宜有惭色，将谢之不暇，而又何诛焉？其或元庆之父，不免于罪，师韫之诛，不愆(qiān)于法，是非死于吏也，是死于法也。法其可仇乎？仇天子之法，而戕(qiāng)奉法之吏，是悖(bèi)骜(ào)而凌上也。执而诛之，所以正邦典，而又何旌焉？

且其议曰："人必有子，子必有亲，亲亲相仇，其乱谁救？"是惑于礼也甚矣。礼之所谓仇者，盖其冤抑沉痛，而号（háo）无告也；非谓抵罪触法，陷于大戮（lù）。而曰"彼杀之，我乃杀之"，不议曲直，暴寡胁弱而已。其非经背圣，不亦甚哉！《周礼》："调（tiáo）人，掌司万人之仇。""凡杀人而义者，令勿仇，仇之则死。""有反杀者，邦国交仇之。"又安得亲亲相仇也？《春秋公羊传》曰："父不受诛，子复仇可也。父受诛，子复仇，此推刃之道，复仇不除害。"今若取此以断两下相杀，则合于礼矣。

且夫不忘仇，孝也；不爱死，义

也。元庆能不越于礼，服孝死义，是必达理而闻道者也。夫达理闻道之人，岂其以王法为敌仇者哉？议者反以为戮，黩刑坏礼，其不可以为典，明矣。

请下臣议，附于令。有断斯狱者，不宜以前议从事。谨议。

箕 子 碑

◎柳宗元

凡大人之道有三：一曰正蒙难，二曰法授圣，三曰化及民。殷有仁人曰箕(jī)子，实具兹道，以立于世，故孔子述六经之旨，尤殷勤焉。

当纣之时，大道悖乱，天威之动不能戒，圣人之言无所用。进死以并命，诚仁矣，无益吾祀，故不为；委身以存祀，诚仁矣，与亡吾国，故不忍。具是二道，有行之者矣。是用保其明哲，与之俯仰，晦是谟(mó)范，辱于囚奴，昏而无邪，隤(tuí)而不息。故在《易》曰："箕子之明夷。"正蒙难也。及天命既改，生人以正，乃出大法，用为圣师，周人得以序彝（yí）伦而立大典。故在《书》：曰"以箕子归，作《洪范》。"法授圣也。及封朝鲜，推道训俗，惟德无陋，惟人无远，用广殷祀，俾（bǐ）夷为华，化及民也。率是大道，丛于厥（jué）躬，天地变化，我得其正，其大人欤？

於戏（wū hū）！当其周时未至，殷祀未殄（tiǎn），比干已死，微子已去，向使纣恶未稔（rěn）而自毙，武庚念乱以图存，国无其人，谁与兴

（xīng）理？是固人事之或然者也。然则先生隐忍而为此，其有志于斯乎？

唐某年，作庙汲（jí）郡，岁时致祀。嘉先生独列于易象，作是颂云。

捕蛇者说　　◎柳宗元

永州之野产异蛇，黑质而白章；触草木，尽死；以啮（niè）人，无御之者。然得而腊（xī）之以为饵，可以已大风、挛踠（luán wǎn）、瘘（lòu）、疠（lì），去死肌，杀三虫。其始，太医以王命聚之，岁赋其二，募有能捕之者，当（dàng）其租入。永之人争奔走焉。

有蒋氏者，专其利三世矣。问之，则曰："吾祖死于是，吾父死于是，今吾嗣为之十二年，几（jī）死者数（shuò）矣。"言之，貌若甚戚者。

余悲之，且曰："若毒之乎？余将告于莅（lì）事者，更（gēng）若役，复若赋，则何如？"

蒋氏大戚，汪然出涕曰："君将哀而生之乎？则吾斯役之不幸，未若复吾赋不幸之甚也。向吾不为斯役，则久已病矣。自吾氏三世居是乡，积于今六十岁矣，而乡邻之生日蹙（cù），殚（dān）其地之出，竭其庐之入。号（háo）呼而转徙，饥渴而顿踣（bó），触风雨，犯寒暑，呼嘘毒疠，往往而死者相藉（jiè）也。曩（nǎng）与吾祖居者,今其室十无一焉;与吾父居者,今其室十无二三焉;与吾居十二年者,今其室十无四五焉。非死则徙尔。而吾以捕蛇独存。悍吏之来吾乡,叫嚣(xiāo)乎东西,隳(huī)突乎南北,哗然而骇者,虽鸡狗不得宁焉。吾恂恂而起,视其缶(fǒu),而吾蛇尚存,则弛然而卧。谨食(sì)之,时而献焉。退而甘食(shí)其土之有,以尽吾齿。盖一岁之犯死者二焉;其余则熙熙而乐。岂若吾乡邻之旦旦有是哉?今虽死乎此,比吾乡邻之死则已后矣,又安敢毒耶？"

余闻而愈悲。孔子曰："苛政猛于虎也。"吾尝疑乎是，今以蒋氏观之，犹信。呜呼！孰知赋敛之毒，有甚是蛇者乎！故为之说，以俟（sì）夫观人风者得焉。

种树郭橐驼传　　◎柳宗元

郭橐驼（tuó tuó），不知始何名。病偻（lǚ），隆然伏行，有类橐驼者，故乡人号之"驼"。驼闻之曰："甚善，名我固当。"因舍其名，亦自谓"橐驼"云。其乡曰丰乐乡，在长安西。驼业种树，凡长安豪家富人为观游及卖果者，皆争迎取养。视驼所种树，或迁徙，无不活，且硕茂，蚤（zǎo）实以蕃。他植者虽窥伺效慕，莫能如也。

有问之，对曰："橐驼非能使木寿且孳（zī）也，能顺木之天，以致其性焉尔。凡植木之性，其本欲舒，其培欲平，其土欲故，其筑欲密。既然已，勿动勿虑，去不复顾。其莳（shì）也若子，其置也若弃，则其天者全而其性得矣。故吾不害其长（zhǎng）而已，非有能硕茂之也；不抑耗其实而已，非有能蚤而蕃之也。他植者则不然，根拳而土易，其培之也，若不过焉则不及。苟有能反是者，则又爱之太殷，忧之太勤，旦视而暮抚，已去而复顾，甚者，爪（zhǎo）其肤以验其生枯，摇其本以观其疏密，而木之性日以离矣。虽曰爱之，其实害之；虽曰忧之，其实仇之。故不我若也。吾又何能为哉!"

问者曰:"以子之道,移之官理,可乎?"驼曰:"我知种树而已,官理非吾业也。然吾居乡,见长(zhǎng)人者好烦其令,若甚怜焉,而卒以祸。旦暮吏来而呼曰:'官命促尔耕,勖(xù)尔植,督尔获,蚤缫(sāo)而绪,蚤织而缕,字而幼孩,遂而鸡豚。'鸣鼓而聚之,击木而召之。吾小人辍(chuò)飧(sūn)饔(yōng)以劳吏者,且不得暇,又何以蕃吾生而安吾性邪?故病且怠。若是,则与吾业者其亦有类乎?"

问者曰:"嘻,不亦善夫!吾问养树,得养人术。"传(zhuàn)其事以为官戒也。

梓人传 ◎柳宗元

裴（péi）封叔之第，在光德里。有梓人款其门，愿佣隙宇而处焉。所职寻引、规矩、绳墨，家不居砻斲（lóng zhuó）之器。问其能，曰："吾善度（duó）材，视栋宇之制，高深、圆方、短长之宜，吾指使而群工役焉。舍我，众莫能就一宇。故食于官府，吾受禄三倍；作于私家，吾收其直大半焉。"他日，入其室，其床阙（quē）足而不能理，曰："将求他工。"余甚笑之，谓其无能而贪禄嗜（shì）货者。

其后，京兆尹将饰官署，余往过

焉。委群材，会众工。或执斧斤，或执刀锯，皆环立向之。梓人左持引，右执杖，而中处焉。量栋宇之任，视木之能，举挥其杖曰："斧！"彼执斧者奔而右；顾而指曰："锯！"彼执锯者趋而左。俄而斤者斫，刀者削，皆视其色，俟（sì）其言，莫敢自断者。其不胜任者，怒而退之，亦莫敢愠焉。画宫于堵，盈尺而曲尽其制，计其毫厘而构大厦，无进退焉。既成，书于上栋曰"某年某月某日某建"，则其姓字也。凡执用之工不在列。余圜（huán）视大骇，然后知其术之工大矣。

继而叹曰：彼将舍其手艺，专其心智，而能知体要者欤？吾闻劳心者役人，劳力者役于人。彼其劳心者欤？能者用而智者谋，彼其智者欤？是足为佐天子相（xiàng）天下法矣！物莫近乎此也。彼为天下者本于人。其执役者，为徒隶，为乡师、里胥；其上为下士，又其上为中士、为上士；又其上为大夫、为卿、为公。离而为六职，判而为百役。外薄（bó）四海，有方伯、连率。郡有守，邑有宰，皆有佐政。其下有胥吏，又其下皆有啬(sè)夫、版尹，以就役焉，犹众工之各有执技以食力也。彼佐天子相天下者，举而加焉，指而使焉，条其纲纪而盈缩焉，齐其法制而整顿焉，犹梓人之有规矩、绳墨以定制也。择天下之士，使称(chèn)其职；居天下之人，使安其业。视都(dū)知野，视野知国，视国知天下，其远迩细大，可手据其图而究焉，犹梓人画宫于堵而绩于成也。能者进而由之，使无所德；不能者退而休之，亦莫敢愠。不衒(xuàn)能，不矜(jīn)

名，不亲小劳，不侵众官，日与天下之英才讨论其大经，犹梓人之善运众工而不伐艺也。夫然后相道得而万国理矣。相道既得，万国既理，天下举首而望曰："吾相之功也。"后之人循迹而慕曰："彼相之才也。"士或谈殷、周之理者，曰："伊、傅、周、召（shào）。"其百执事之勤劳而不得纪焉，犹梓人自名其功而执用者不列也。大哉相乎！通是道者，所谓相而已矣。其不知体要者反此。以恪（kè）勤为公，以簿（bù）书为尊，衒（xuàn）能矜名，亲小劳，侵众官，窃取六职百役之事，听听（yín）于府庭，而遗其大者、远者焉，所谓不通是道者也。犹梓人而不知绳墨之曲直、规矩之方圆、寻引之短长，姑夺众工之斧斤刀锯以佐其艺，又不能备其工，以至败绩、用而无所成也。不亦谬欤？

或曰："彼主为室者，傥（tǎng）或发其私智，牵制梓人之虑，夺其世守而道谋是用。虽不能成功，岂其罪耶？亦在任之而已。"余曰："不然。夫绳墨诚陈，规矩诚设，高者不可抑而下也，狭者不可张而广也。由我则固，不由我则圮（pǐ）。彼将乐去固而就圮也，则卷其术，默其智，悠尔而去，不屈吾道，是诚良梓人耳。其或嗜其货利，忍而不能舍也，丧其制量，屈而不能守也，栋桡（náo）屋坏，则曰：'非我罪也。'可乎哉？可乎哉？"

余谓梓人之道类于相，故书而藏之。梓人，盖古之审曲面势者，今谓之"都料匠"云。余所遇者，杨氏，潜其名。

永州韦使君新堂记

◎柳宗元

将为穹（qióng）谷、嵌（kān）岩、渊池于郊邑之中，则必辇（niǎn）山石，沟涧壑，陵绝险阻，疲极人力，乃可以有为也。然而求天作地生之状，咸无得焉。逸其人，因其地，全其天，昔之所难，今于是乎在。

永州实惟九疑之麓（lù）。其始度（duó）土者，环山为城。有石焉，翳（yì）于奥草；有泉焉，伏于土涂。蛇虺（huǐ）之所蟠（pán），狸鼠之所游，茂树恶（è）木，嘉葩（pā）毒卉（huì），乱杂而争植，号为秽（huì）墟。

韦公之来既逾月，理甚无事。望其地，且异之。始命芟（shān）其芜，行其涂，积之丘如，蠲（juān）之浏如。既焚既酾（shī），奇势迭（dié）出，清浊辨质，美恶异位。视其植，则清秀敷（fū）舒；视其蓄，则溶漾纡（yū）馀（yú）。怪石森然，周于四隅，或列或跪，或立或仆，窍穴逶（wēi）邃（suì），堆阜突怒。乃作栋宇，以为观游。凡其物类，无不合形辅势，效伎（jì）于堂庑（wǔ）之下。外之连山高原，林麓之崖，间（jiàn）厕隐显；逦延野绿，远混天碧，咸会于谯（qiáo）门之内。

已乃延客入观，继以宴娱。或赞且贺曰："见公之作，知公之志。公之因土而得胜，岂不欲因俗以成化？公之择恶而取美，岂不欲除残而佑仁？公之蠲浊而流清，岂不欲废贪而立廉？公之居高以望远，岂不欲家抚而户晓？夫然，则是堂也，岂独草木、土石、水泉之适欤？山、原、林麓之观欤？将使继公之理者，视其细，知其大也。"

宗元请志诸石，措诸壁，编以为二千石（dàn）楷法。

钴鉧潭西小丘记　　◎柳宗元

得西山后八日，寻山口西北道二百步，又得钴鉧（gǔ mǔ）潭。西二十五步，当湍（tuān）而浚（jùn）者为鱼梁。梁之上有丘焉，生竹树。其石之突怒偃（yǎn）蹇（jiǎn），负土而出，争为奇状者，殆（dài）不可数（shǔ）。其嵚（qīn）然相累（lěi）而下者，若牛马之饮于溪；其冲（chòng）然角列而上者，若熊罴（pí）之登于山。

丘之小不能一亩，可以笼而有之。问其主，曰："唐氏之弃地，贷而不售。"问其价，曰："止四百。"余怜而售之。李深源、元克己时同游，皆大喜，出自意外。即更取器用，铲刈（yì）秽草，伐去恶木，烈火而焚之。嘉木立，美竹露，奇石显。由其中以望，则山之高，云之浮，溪之流，鸟兽之遨游，举熙熙然回巧献技，以效兹丘之下。枕席而卧，则清泠（líng）之状与目谋，潆潆（yíng）之声与耳谋，悠然而虚者与神谋，渊然而静者与心谋。不匝（zā）旬而得异地者二，虽古好事之士，或未能至焉。

噫！以兹丘之胜，致之沣、镐

(hào)、鄠(hù)、杜，则贵游之士争买者，日增千金而愈不可得。今弃是州也，农夫渔父(fǔ)过而陋之，价四百，连岁不能售。而我与深源、克己独喜得之，是其果有遭乎！书于石，所以贺兹丘之遭也。

小石潭记 ◎柳宗元

从小丘西行百二十步，隔篁(huáng)竹，闻水声，如鸣佩环，心乐之。伐竹取道，下见小潭，水尤清冽。全石以为底，近岸，卷(quán)石底以出，为坻(chí)，为屿，为嵁(kān)，为岩。青树翠蔓，蒙络摇缀，参差(cēn cī)披拂。

潭中鱼可百许头，皆若空游无所依。日光下澈，影布石上。佁(yǐ)然不动，俶(chù)尔远逝，往来翕(xī)忽，似与游者相乐。

潭西南而望，斗(dǒu)折蛇行，

明灭可见。其岸势犬牙差互，不可知其源。

坐潭上，四面竹树环合，寂寥（liáo）无人，凄神寒骨，悄（qiǎo）怆幽邃。以其境过清，不可久居，乃记之而去。

同游者：吴武陵，龚（gōng）古，余弟宗玄。隶而从者，崔氏二小生，曰恕己，曰奉壹。

小石城山记　柳宗元

　　自西山道口径北，逾(yú)黄茅岭而下，有二道。其一西出，寻之无所得；其一少北而东，不过四十丈，土断而川分，有积石横当其垠(yín)。其上为睥睨(pì nì)、梁欐(lì)之形，其旁出堡坞(wù)，有若门焉。窥之正黑，投以小石，洞然有水声，其响之激越，良久乃已。环之可上，望甚远，无土壤而生嘉树美箭，益奇而坚，其疏数(cù)偃仰，类智者所施设也。

　　噫！吾疑造物者之有无久矣。及是，愈以为诚有。又怪其不为之于中州，而列是夷狄，更（gēng）千百年不得一售其伎（jì），是固劳而无用。神者倘（tǎng）不宜如是，则其果无乎？或曰："以慰夫贤而辱于此者。"或曰："其气之灵，不为伟人，而独为是物。故楚之南少人而多石。"是二者，余未信之。

责任编辑：夏　青

图书在版编目（CIP）数据

唐代文选 / 罗安宪 主编 . —北京：人民出版社，2017.7（2023.3 重印）
（中华传统经典诵读文本）
ISBN 978－7－01－017758－8

I.①唐… II.①罗… III.①古典散文－作品集－中国－唐代
　IV.① I264.2

中国版本图书馆 CIP 数据核字（2017）第 127057 号

唐　代　文　选
TANGDAI WENXUAN

罗安宪　主编

人民出版社 出版发行
（100706　北京市东城区隆福寺街 99 号）

北京汇林印务有限公司印刷　新华书店经销

2017 年 7 月第 1 版　2023 年 3 月北京第 2 次印刷
开本：710 毫米 × 1000 毫米 1/16　印张：6.75
字数：20 千字　印数：23,001-27,000 册

ISBN 978－7－01－017758－8　定价：27.00 元

邮购地址 100706　北京市东城区隆福寺街 99 号
人民东方图书销售中心　　电话：(010) 65250042　65289539

版权所有·侵权必究
凡购买本社图书，如有印制质量问题，我社负责调换。
服务电话：(010) 65250042